رواية

آدم الأصيل

د. جُمان الريحاني

إهداء..

إهداء إلى آدم

إلى الأصالة والحقيقة في آدم

إلى الأصل في الوجود وإلى الأصل الذي لا يحول عن حقيقته

إلى آدم على حقيقته الأولى

إلى كل المعايير العالية والتي هي من أصل آدم

إلى الصدق في آدم

إلى الحنان في آدم وإلى... وإلى...

إلى القوة في آدم والتي أصل وجودها حماية الآخر وليس القوة ضد الآخر

إلى الجمال في آدم وفي وجوده في حياة كل أنثى

وفي الأخير إهداء إلى كل أنثى تقدر قيمة آدم وتثمن وجوده في حياتها

جمان الريحاني

ادوميا ثمرة الحب

ادوميا هي ثمره علاقة حب وزواج لم يضم أكثر من سنه فولدتها والدتها ميا التي أغرمت بذلك الرجل الذي أحبته ووقعت في غرامه ادم.

وقد كان لقصة زواجهما قصة وفيها أحداث وتفاصيل كثيرة، فقد هربت ميا من ثانويتها وهربت من بيت أهلها لكي تعيش معه وتتزوج به وقد كان يفوقها سنا.

لقد كانت تعلم بأن والداها سوف يجعلان أمامها الكثير من العقبات ولن يسمحوا بإنجاح علاقتها بهذا الرجل، لوجود الكثير من الفوارق والمعيقات من بينها السن.

آدم وميّا

كان ادم أستاذ جامعي في العقد الخامس من العمل، صاحب خبرة في الحياة.

أما ميا فقد كانت فتاه نابضة بالحياة، شابه يافعة جميله نشيطه مقبلة على الحياة.

كان آدم يراقبها من نافذة بيته التي تطل على بيتهم بشكل جيد حتى انه يمكنه رؤية حوض السباحة الذي

تعشقه مي كثيرا وتقضي أجمل أوقاتها هناك شبه عاليه ولكنها كانت تمتلك جسدا جذابا.

وبعد أن انتبهت ميا لانشغال آدم بها وقد كان يحاول إخفاء ذلك قررت أن تقرب منه فأزعجته حتى توطدت علاقته معه.

ولأنهما يعلمان بأن تلك العلاقة غير صحيحة غير قانونيه غير مرغوبة فقد خطط للفراري معا وخطط جيدا لذلك الأمر.

حسن التخطيط

قام ادم بطلب تحويل عمله إلى ولاية أخرى وعندما أنهى كل المعاملات اخذ مي معه دون أن يعلم احد من الذي حدث.

لقد خطط أدم للأمر بشكل محكم ولم يترك مجالا للشك أو لتعقبه من أجل أن لا تتبعه المشاكل أو يقع فيها لكي لا يخسر عمله بالدرجة الأولى ولكي يعيش بسلام أيضا.

وبعد مرور الكثير من الوقت السعيد المليء بالحب والمرح توطدت علاقتها وأرادا أن يرتبطا برباط مقدس إلى الأبد.

تزوج آدم وميا، وبعد فترة قصيرة بعد الزفاف أصبحت ميا حامل وهنا بدأت المشاكل.

لقد بدأت المشاكل من جهة ميا التي بدأت تكتشف بأن الحياة ليست وردية وأن ليس كل ما يقوله لك الحبيب أو الزوج هو بالضرورة صحيح.

اكتشفت بأن الحب شيء والزواج شيء آخر.

اكتشفت بأن الحياة في الأحلام مختلفة تمام الاختلاف عن الحياة في الواقع.

لم تفهم في البداية سبب تغير تصرفات آدم معها وما إذا كان يخفي عنها شيئا.

الخيانة المدمرة

اكتشفت ميا الكثير من الأسرار في حياة زوجها السابقة، لقد كانت لديه الكثير من الأسرار التي كان يخفيها بشكل جيد، كما انه كان حذرا لكي لا يتم كشفها.

لقد كان ادم متزوجا قبلها، وهذا الأمر كانت تجهله، فهو لم يذكر لها هذا الأمر سابقا ولم يتعثر في الكلام ولو عن طريق الخطأ.

كانت لديه حياه خفيه لم تكن تعلم عنها ميا شيئا
ولم يتوقف الأمر عند هذا الحد بل كان لديه طليقتان
وابن بعمر الحادي عشر من إحداهما كما أن والدته
هي التي طلبت الطلاق وحرمته من ابنه كل هذه
السنوات.

هذه الأمور جعلت ميا تشعر بالخوف بل بالذعر
من الرجل الذي هي تعيش معه الآن.

اكتشفت بأنها تزوجت رجلا لا تعرفه، ولا تعرف
عنه شيئا، بدأت تكتشف أنها وقعت في فخ.

حتى أن طريقه معاملته لها تغيرت، وأصبح عنيفا
معها، حتى أنه أصبح يرفع يده عليها ويضربها.

لقد أصبح آدم رجلا عصبيا وخاصة أن سألته ميا
بعض الأسئلة العادية والتي من حقها طرحها كأي
زوجة.

أسئلة مثل:

أين كنت؟ أمع من كنت؟

أو أن تطلق عليه تعليقا لا ينل إعجابه مثلا:

لقد تأخرت؟ أنا حضرت العشاء منذ ساعتين

كما انه كان يمنعها من التفتيش في أغراضه،
وهذه التصرفات جعلتها تشك في انه له علاقات جديدة
وهذا ما نغص عليها حياتها.

فقد تغير ولم يعد كما كان في السابق

نتيجة الخيانات المتتالية

تمكنت ميا من معرفة أمر قلب موازين حياتها، اكتشفت بأن زوجها آدم على علاقة مع إحدى طالباته الجديدات وأيضا إحدى جاراتهم وهذا ما جعلها تفقد ثقة فيه تماما.

عندما ولدت ابنتها التي كانت قد اتفقت مع زوجها على تسميتها ادوميه وهو الذي أطلق عليها هذا الاسم.

في البداية كانت تريد تسميه ابنتها على زوجها تماما به وحبا فيه كما كان هو يتظاهر بحبه لها وكان الاسم اتفاقا بينهما الاثنان ولكنها مكانه تطلق عليها هذا الاسم بعد كل ما عرفته عن زوجها المخادع ولكنه سبق هو أطلق الاسم على الطفلة دون أن يستشيرها.

كانت هناك مشاحنات بينهما ولكن النية لم تكتشف كل لم تكشف كل الأوراق أمام زوجها وبعد أن ولدت ابنتها لم تعد تريد التظاهر بأن الأمور جيده لذا قررت الفرار هي وابنتها الوليدة.

فهربت عندما أتيحت لها الفرصة تحينت فرصه للهرب وعندما لم يكن متواجدا في المستشفى حملت الطفلة بين ذراعيها خرج دون تصريح بخروج.

لم تعد ترغب في العودة إلى ذلك البيت المبني على الكذب والخداع والخيانة، فقررت الهرب وعدم العودة أبدا هربت مايا وابنتها اختفت.

هربت إلى ابعد نقطه ممكن للهرب من ذلك الزوج المخادع وتركت له رسالة.

لم تكن الرسالة التي تركتها له رسالة وداع بل كانت رسالة تصارحه فيها بكل ما عرفته من معلومات، وتواجهه بالخيانات التي علمت عنها كما أنها كانت تعلم بأن ما عرفته ربما هو جزء لا يتجزأ من ماضيه وحاضره.

نعتته بالرجل الكاذب والمخادع والذي يمتلك أكثر من لون فهو رجل حرباء.

وفي الأخير كانت نادمة على أنها تعرفت عليه يوما كما كانت تلومه على خداعها وتقول له بأنه هو الذي فرق بينها وبين والديها وبفضله أصبحت وحيدة، هائمة على وجهها ولا مكان تلجأ إليه.

لقد أخبرته بطريقة غير مباشرة بأنها لن تذهب إلى بيت والديها لكي لا يزعج نفسه بالبحث عنها.

رحلة حياة جديدة

خرجت ميا من المستشفة مع ابنتها الرضيعة وهي لا تعرف إلى أين تتجه، كما أنها لم تكن تمتلك شيئا.

هكذا تمكنت من بيع الخاتم الوحيد الذي في يدها لكي تستغل الحافلة.

وبعد عده أيام من السفر ليلا ونهارا بدون وجهة محددة، تمكنت من التأقلم في إحدى المدن وقد ساعدتها إحدى الجمعيات التي تعنى بالأم العزباء والنساء

المعنفات وهكذا كرست ميا نفسها لطفلتها ادومها، وقد كانت هي كل من لها في الحياة، هي عزاؤها ومركز حياتها ومن تشغل كل عقلها واهتمامها.

تمكنت ميا من التعافي بعد عده أشهر، التعافي من تلك الحياة التي استهلكت كل طاقتها وحطمت مشاعرها، وتعافت من آثار التعنيف والخداع وكل تلك الأمور التي كانت تعاني منها.

فلا يجب أن يرضى أي شخص بمثل تلك الأمور في حياته، من حق كل شخص أن يعيش بسلام وبكلامه وأيضا أن يتحصل على نصيب من السعادة.

فالسعادة من حق الجميع

ركزت على حب ابنتها وعلى الأمور ايجابيه في الحياة وحاولت أن تضع الماضي وراء ظهرها.

بعد مرور السنين

بعد مرور سنتين قررت مي أن تتجاوز الماضي وأن تعطي نفسها فرصه أخرى في اكتشاف الحب والعلاقة، لأنها قد توصلت إلى أن الخطأ ليس فيها هي بل انه حقا كان هناك خطا ولكنه ليس خطؤها بل هو خطأ الاختيار مثلا، أو خطأ غير مقصود وربما يمكن إلقاء اللوم على الطرف الآخر وهذا كان من حقها كإنسانة.

من حقها أن تحرر نفسها من تلك العلاقة السيئة وحتى أن تتحرر من تبعاتها.

وهكذا ساعدتها الاستشارية النفسية في أن تركز على الأمور الايجابية التي كسبتها من تلك العلاقة مثل ابنتها والتي لم تكن لتنجبها لوحدها.

وكان كل ما يهم هو أنها خرجت من الأزمة ولم تبق أسيرتها ويجب أن لا تبقى أسيرة الماضي.

علاقات جديدة وصدمات جديدة

وهكذا عندما قررت ميا التخلي عن الماضي وتبعاته والمواصلة إلى الأمام والتقدم في حياتها الاجتماعية والعاطفية خصوصا بحثت في محيطها الجديد عن شخص يناسبها.

ارتبطت ميا عاطفيا بشخص اعتقدت في البداية انه مستقيم ويناسب ظروفها، لكنها عرفت فيما بعد انه

يعاقر الخمر وهذا لا يناسبها ولا يناسب وجود طفلة صغيرة هي تعتني بها.

صدمت ميا لأنها اكتشف بأن هذا الرجل الذي اختارته هو أيضا رجل كاذب وخادع ولو بقيت معه أكثر من ذلك ربما كان مصيرها التعنيف لأنه لم يكن يتحكم في أعصابه عندما يكون سكرانا لذا خافت على نفسها وعلى طفلتها ولم تطل البقاء معه مثلما فعلت في أول مرة.

لقد تعلمت ميا درسها وأصبحت لديها أولويات في الحياة فلم تعد تعطي الأشخاص الذين يدخلون حياتها أهمية كبيرة ولا تتعلق بوجودهم كل ذلك التعلق.

لقد تصالحت مع نفسها وأصبحت تسمح للمشاكل بالرحيل عن سماء حياتها ودون رجعة.

لقد أصبحت امرأة قوية، تعتمد على نفسها وتعتمد عليها طفلة صغيرة هي ملكها وهي كلما يهمها في الحياة.

كان من الممكن أن تتوقف ميا عند هذا الحد وتمنع الرجال من دخول حياتها، كي لا يجرحوها وأيضا لكي لا يسببوا لها الألم والمعاناة، وكان من الممكن أن تعمم ما رأته في الرجلين الذان كان في حياتها على كل الرجال.

لكن صديقاتها أخبرنها بأن الحياة مستمرة ولا تتوقف عند رجل، بل يجب أن لا تستسلم، يجب أن تجد رجلا يناسبها فتعيش معه حياتها.

لقد اكتسبت ميا صديقات يعنها على الحياة الصعبة بمفردها وكن خير معين لها لكي تقف على رجليها، أولئك النسوة كن قد مررن بظروف صعبة هن أيضا وتجاوزنها وهذا ما جعلهم يساعدنها على تجاوز مشاكلها بسلام والخروج من التجربة الصعبة بحرية تامة وبدون عقد ولا قوقعات.

رغم كل ذلك التشجيع إلا أن ميا أخذت قرارا بعدم الدخول في علاقات جديدة، وفضلت الابتعاد قليلا والتركيز على حياتها وحياة ابنتها.

بعد مرور ثلاث سنوات وهي معرضه عن كل العلاقات دخل شاب حياتها وأقنعتها بالحب وقد كان في الحقيقة فارا من السجن ويبحث عن تعلم.

وبقي معها سنه كامل حتى حيث كانت تجمع مالا لكي تشتري بيتا لتستقره هي وابنتها الصغيرة، لقد

كانت توفر من ثمن الطعام وتعمل بأكثر من دوام ولا تنام إلا أربعة ساعات.

كانت تبذل جهدا عظيما لأنها كانت تقول بأنه يجب عليها التعب والشقاء الآن لكي تنعم بالراحة والسعادة فيما بعد.

أرادت أن تسبق الزمن وتشتري بيتا لها هي وابنتها قبل أن تكبر الطفلة لكي لا تشعر بعدم الاستقرار وهما تنتقلان من شقة إلى شقة.

صدقت ميا ذلك الرجل معتقدة بأنه كان صادقا وشفافا، وقد أرادت أن تكمل معه باقي مشوار حياتها.

طلبت منه الزواج وقد أصبحت حاملا فكان لا يرفض ولكن في نفس الوقت لا يقبل.

كررت له طلبها كثيرا ولكنها كانت تعتقد بأنه يتماطل أو خائف من المسؤولية لا غير.

لم تراودها فيه الشكوك ولا حول عدم موافقته الفورية على الزواج بها ووضع الطفل المترقب على اسمه.

وعندما بلغت من الحمل ثمانية أشهر سرق مالها وهرب مع زوجته وابنه في عمر الأربع سنوات وتخلى عنها.

فجعت ميا بالأمر، لقد خسرت الكثير جراء هذه العلاقة، خسرت رجلا ومالا وثقة عمياء وضعتها فيه، فدخلت مستشفى وفقدت طفلتها التي ولدت ميتة.

لم تتوقف خسارتها عند هذا الحد، لم تكن فقط خسارة مادية ومعنوية فقط بل خسرت طفلتها أيضا.

طفلة كانت تعتقد أنها ثمرة حب صادق ورباط مقدس بينها وبين الرجل الصادق الذي دخل حياتها وعوضها عن كلما حدث معها سابقا.

دخلت ميا في مرحله من الاكتئاب ولكنها بعد مرور سنتين عادت إلى حياتها الطبيعية وقد كانت

تتردد على مركز لإعادة التأهيل لأنها كانت تعاني من حاله نفسيه سيئة.

وهكذا وبعد فتره من الزمن ولكي لا تعيش حياه كئيبة وحيدة، وبنصيحة من طبيبتها تعرفت على شخص جديد ولكنها اكتشفت خيانته فهو لم يكن يكتفي من النساء وكانت هي بالنسبة له مجردة رقم على قائمته، وهذا ما جعلها تتألم مرة أخرى وتتعلم من كل الأخطاء الماضية وتبتعد عن الرجال.

لقد توصلت إلى نتيجة هي أن كل الرجال خونة، وانه لا يوجد رجل جيد في هذه الحياة.

بعد أن أصبحت هذه هي نضرتها عن الرجال في الحياة قامت بتلقين كل خبرتها إلى تلك الطفلة الصغيرة التي تمت تربيتها في جو من الخيانات الذكورية والانكسارات الأنثوية والعقد النفسية رغم العلاج الذي كانت الوالدة تخضع له.

لقد قامت بتربية ابنتها على أن الرجال لا يستحقون الثقة، وأخبرتها بأنه يجب عليها أن تجري اختباراتهم قبل أن تثق في أي رجل وتسلمه قلبها.

مشوار كبير أمام طفلة صغيرة

وبعد مرور حوالي السنتين وميا كانت طريحة الفراش وهي تردده على مسامع ابنتها الصغيرة ادوميا انه لا يوجد ثقة في الرجال توفيت والدتها التي عانت من مشاكل في قلبها.

ربما كانت تلك المشاكل والأمراض نتيجة حالتها النفسية لأنها كانت في حاله سيئة وقد أثرت على قلبها وهذا ما جاء على قلبها ضعيفا وجعلها تصبح طريحة الفراش لمده سنه كاملة.

تم وضع الطفلة ادوميا ابنه العشر سنوات في ملجأ في انتظار وضعها للتبني حيث سوف يتم إعادة إيجاد عائله مناسبة لها.

لقد أصبح مصيرها مجهولا، والحياة أمامها غير معلومة الملامح.

ترى ماذا ينتظر هذه الطفلة التي فقدت والدها في البداية ثم هاهي فقدت والدتها فما الذي ينتظرها.

لقد فقدت حضن الأمان ووالدة كانت تعتني بها، وبيتا وأصبحت نزيلة الملجأ.

وبعد عده أيام وجدت جمعيه تكفلت بذلك سيدة تعيش لوحدها ولكنها كانت محاميه ولها دخل جيد وتتمتع بحياة هادئة وراقيه، وتعيش في مستوى رفيع تريد طفلا.

كان للسيدة بيت وسيارة، وعمل ممتاز ودخل جيد جدا، وعندما مكتب، وقد كانت تدافع عن حقوق المرأة.

كانت هذه المحامية ناشطة حقوقيه تدافع عن حقوق المرأة و الأم العازبة والفتيات والزوجات المعنفات.

لقد كانت لها معتقدات مشابهه لمعتقدات ميا لوالده ادوميا وكذلك طريقه كلامها إلا أن مستواها المادي كان جيدا جدا بخلاف مستوى ادوميا والدتها الحقيقية.

بعد مقابله المحامية التي كانت تريد أن تتبنى فتاه أنثى لكي تصبح ابنتها فهي لم تكن تفضل الأطفال الذكور، بل كانت تريد فتاة تشبهها وتشبه تكوينها لكي تعرف كيف تتعامل معها.

كما أنها كانت تريد أن تصبح لديها طفلة ابنة لها تعيش معها وتؤنس وحدتها، تتكلم معها وتسقيها خبرتها وتلقنها علوم الحياة من منظارها هي.

لا يغلق باب حتى يفتح باب آخر

لقد كانت المحامية و التي اسمها اوليفيا مؤهلة لكي تصبح أما لأي طفل، وذلك نظرا لمستواها الاجتماعي والمادي، ونظرا لقوة شخصيتها ومركزها العلمي والعملي.

لقد كانت مؤهلة لأنها لها مشوار طويل في الدفاع عن الحقوق الإنسانية لكثير من الفئات النسوية.

وبعد أول لقاء جمع بين المحامية اوليفيا والطفلة ادوميا، وقد كانت المحامية اوليفيا قد تحصلت على الموافقة المبدئية ولم يكن أمامها إلا أن تختار الطفلة التي تريد.

كانت المحامية اوليفيا تبحث عن طفلة بمواصفات معينة وكان لديها شروط للاختيار منها ما أخبرت به السيدة المسئولة عن الأطفال ومنها ما لم تخبر به احد واحتفظت به لنفسها.

من الشروط التي كانت المحامية اوليفيا قد وضعتها في قائمة ما يلي :

فتاة بيضاء رغم أنها لم تكن امرأة عنصرية ولكنها فضلت أن تقوم بتربية فتاة من عرقها لكي لا تحرمها من شيء فربما لو أنها قامت بتبني فتاة من عرق آخر يستوجب عليها أن تراعيها أكثر وأن توليها اهتماما اكبر وربما قد تسلبها حقا في أمر ما دون أن تدري.

لقد كان أمامها الاختيار بين أعراق مختلفة هنود وأسيويين ومن عرق اسود ولكنها فضلت فتاة بيضاء.

كانت تفكر في أن الإعتناء بطفل من عرق آخر يتطلب مهارات أخرى منها الاهتمام بلغته الأم، التعريف بأصله، الاهتمام بكل احتياجاته انطلاقا من ألعابه.

محاولة التأقلم في مجتمع مختلط مثلا أن تبحث له عن أصدقاء من عرقه وأن تصبح لها علاقات بعائلات من نفس العرق لكي لا يشعر بأنه في مجتمع لا ينتمي إليه.

وأسباب أخرى كانت لديها فقد أجرت واجبها المنزلي جيدا، وجعلت مسودة وكأنها تعمل على قضية ولكنها في الحقيقة كانت أهم قضية في حياتها.

ومن الشروط أيضا:

ان يتراوح عمر الطفلة من 8 إلى 11 سنة لأنها لم تكن تريد طفلة رضيعة لتغير لها الحفاضات وتجهز

لها الرضاعات، ولم تكن تريد أن تحضر مراهقة إلى بيتها في مرحلة تتصارع مع هرموناتها فكيف تتأقلم هي معها.

وأرادت أن تكون الطفلة ناطقة باللغة الانجليزية لغتها الأم لكي لا تجد شرخا في التواصل معها، فاللغة باب التواصل.

ومن أهم الشروط أنها كانت تبحث عن طفلة يتيمة الوالدين لأنها لا تريد أن تتبنى طفلة وتتعلق بها ثم يظهر احد الوالدين ويسلبها طفلتها.

وعندما وضعت أمامها لائحة بالأطفال المناسبين لطلبها كان من بينهم ادوميا رغم أن والدها كان حيا إلا أنهم عرضوها عليها لأنهم يعلمون تاريخ والدتها التي كانت معنفة من طرفه كما انه كان خارج حياتها طيلة حياتها وقد أوصت والدتها بإبعادها عنه.

ورغم ذلك إلا أن المحامية اوليفيا قد وافقت على مقابلتها فقد أعجبت بجمالها الخارجي وشكلها حيث تظهر إنها فتاة هادئة من مظهرها.

خلال المقابلة بين المحامية اوليفيا والطفلة الصغيرة ادوميا، ومن أول لحظه شعرت المحامية اوليفيا بالارتياح لتلك الطفلة الصغيرة والبريئة.

لقد كان من شروطها والتي لم تذكرها لأحد ان تكون الطفلة هادئة ومطيعة.

هي كانت تفضل طفلة في سن اقل من هذه لأنها لم تكن تريدها أن تكون قد تشربت أفكارا ما لا تتوافق مع فكرها ولكن كلامها مع الطفلة جعلها ترتاح وتشعر بأن هذه هي الطفلة المنشودة والتي تناسبها تماما.

ولأنهما كانتا متناغمتين في ذلك اللقاء هذا ما جعل الجمعية توافق على تبني المحامية اوليفيا للطفلة الصغيرة واليتيمة، فتم إتمام كل المعاملات وأخذت المحامية اوليفيا الطفلة معها إلى بيتها.

لقد دخلت الطفلة إلى حياة جديدة ولكنها من الخارج كانت تبدو حلما بالنسبة لكثير من الأطفال.

والدة واثقة من نفسها، امرأة قوية وقد تمكنت من تحقيق ذاتها، امرأة مقتدرة واستطاعت أن تحقق ذاتها وأن تفرض رأيها ونفسها على مجتمع لازالت تطلق عليه المجتمع الذكوري.

والدة واثقة من خطواتها وبيت كبير وآمن وسيارة مريحة تجعل الحياة أسهل.

عندما تقدمت ادوميا أول خطوات في بيت المحامية اوليفيا التي قالت لها:

تفضلي يا ادوميا إلى بيتك

ادوميا:

بيتي؟

المحامية اوليفيا:

نعم بيتك فبيتي أصبح بيتك أنت أيضا

ادوميا:

هل هذا البيت الكبير لك يا سيدتي؟

المحامية اوليفيا:

أولا لا يجب أن تقولي لي سيدتي..

ناديني والدتي

لقد أصبحت والدتك أم أن ذلك لا يعجبك؟

ادوميا:

بلى يعجبني يا والدتي

المحامية اوليفيا:

وثانيا نعم هذا البيت لي وبالتالي هو لك لأنك أصبحت ابنتي

ادوميا:

أنا سعيدة بذلك

وبعد أن دخلتا وقد كان بيتا جميلا وفيه مساحات كبيرة وواسعة.

أثاث جميل صالة غرفة جلوس مفتوح عليها مطبخ كبير اكبر من الشقة التي كانت تعيش فيها ادوميا مع والدتها قبل وفاتها.

ثلاجة وفرن وطاولة

بيت جميل

وكلب وقط

لقد كان بيتا مليئا بالدفء رغم انه لم يكن هناك أحد إلا المحامية اوليفيا.

بعد أن جالت المحامية اوليفيا بادوميا كل الغرف وعرفتها على مختلف أرجاء البيت، أعطتها غرفة كبيرة وجميلة ومليئة بالألعاب وقالت لها:

منذ اليوم هذه غرفتك

ادوميا:

غرفتي أنا

المحامية اوليفيا:

نعم هذه غرفتك أنت وتستطيع أن تفعلي فيها ما تشائين لكنني لا أحب الفوضى في غرفة الجلوس، وفيها حمام خاص لك.

وغرفتي هي بجانبك هناك.

واسمعي يمكنك التجول أينما تشائين إلا المكتب أن فيه كل عملي وفيه أوراق وملفات مهمة لذا لا أريدك أن تدخلي إلى المكتب سواء كنت هنا أو كنت خارجا.

ادوميا:

حاضر سيدتي

المحامية:

ألم اطلب منك أن تناديني أمي

ادوميا:

آسفة

المحامية:

لا تتأسفي، ولا تكوني كثيرة الأخطاء ركزي فيما تقوليه أيضا

ادوميا:

حاضر يا أمي

المحامية:

هل يعجبك اسمك آم أغيره لك

ادوميا:

يعجبني أحبه انه يعني والدتي ووالدي الحقيقيين وهو كلما امتلكه منهما

المحامية:

حسنا احتفظي به

ولا تحزني سوف تكونين سعيدة معي هنا وسوف نصنع ذكريات كثيرة لنا معا.

ادوميا:

حسنا.

عالم المرأة من منظور المحامية

كانت المحامية متشددة جدا لحقوق المرآة، وكانت تنصرها بكل الظروف ورغما عن أي شيء وترى بأنها دوما محط ضعف وظلم وليست هناك امرأة تحب أن تظلم أو تهضم حقوقها فإذا خرجت بجراحها إلى العلن يجب نصرتها ومساعدتها.

وبالرغم من نجاح المحامية اوليفيا العملي إلا أنها لم تكن لديها حياة عاطفية جيدة ولا ناجحة، بل بعد أن

تبنت ادوميا توقفت عن المواعدة نهائيا ولم تعد ترى بأنه وجود رجل في حياتها هو أمر ضروري.

فهي لم تكن ترى بأن الرجل الفاشل يستحق فرصة منها، ولا يستحق أن تضيع عليه البعض من وقتها ولا ثانية ولا لحظة ولا دقيقة.

وفي نظرها الرجل الفاشل هو كل رجل لا يتحمل امرأة ناجحة أو تماثله نجاحا أو تتفوق عليه.

والرجل الفاشل أيضا هو الرجل الخائن والذي لديه الكثير من العلاقات في الخفاء وربما علاقة ما في العلن.

الرجل الفاشل هو الذي يخاف من الالتزام والارتباط.

الرجل الفاشل هو الرجل الذي يخاف من مسؤولية بيت وأسرة وأطفال.

وبعد أن أصبحت لها ابنة سهرت المحامية اوليفيا على تربيتها ودراستها وتعليمها وتلقين كلما تعلم

لقد كانت ادوميا محامية صغيرة، أخذت من والدتها المحامية اوليفيا حب الحق والقانون والمحاماة ونصرة المظلوم، حفظت عن والدتها كل المواد والقوانين والدستور وكل القضايا في حقوق المرأة منذ القدم وحتى يومنا هذا.

تعرفت على كل النساء المعنفات حول العالم واللواتي حملن رسالة المرأة وحقوقها.

أصبحت ادوميا تعرف المثير في مجال والدتها الذي تشربته وأصبح مجالها هي الأخرى.

ادوميا الشابة

هكذا أصبح لأدوميا رسالة في الحياة وهدف، وقد سعدت لكي تصبح محامية مثل والدتها وأن تكمل رسالتها وأن تحمل اسمها عاليا وأن تنصر المرأة أينما كانت.

عندما كبرت وصارت فتاه شابه فقد كانت لديها نظرة لمستقبلها، و لم تكن تريد أن تضيع وقتها مع الشباب التافهين كما كانت تسميهم وعلى العلاقات العابرة إذا كانت تتفادى الشباب أغلب الأوقات.

ما عدا الصداقات والزمالة في الدراسة لأنها لم تكن تريد أن يتم نعتها في المدرسة بغريبة الأطوار ولكنها كانت حذره في ما يخص قلبها فهي لم تريد أن يكسر قلبها لأنها تعلم جيدا بأن اغلب الرجال خائنون بطبيعتهم.

كما أن ادوميا لازال تتذكر كلمات والدتها الحقيقية عن والدها وعن كل الرجال الذي دخلوا حياتها، ولازالت تتذكر كلما جرى مع والدتها وكلما عانته من آلام وحزن ومآسي جرحت قلها وجعلته ضعيفا حتى ماتت وتركتها في ملجأ للأيتام وحيدة.

كما أنها تحفظ عن ظهر قلب كل الكلام الذي لقنته لها المحامية اوليفيا عن الرجال، فقد سمعت الكثير من القضايا التي عانت فيها النساء من التعنيف والضرب والهجران، وتدمير الأحلام والعبث بالواقع.

أنهت ادوميا المدرسة الثانوية والتحقت بكلية الحقوق لكي تصبح محاميه مثل والدتها اوليفيا.

كانت تحلم بأن تكمل مشوار والدتها بالتبني في المناداة بحقوق المرأة ونصرتها والدفاع عن النساء الضعيفات والمعنفات.

عندما اقتربت ادوميا من تحقيق حلمها بالتخرج من الجامعة لكي تصبح محامية مثل والدتها، ماتت والدتها التي كانت تعاني من مرض.

واصلت ادوميا حياتها وهي حزينة على والدتها كثيرا، ولم تبحث عن رجل لكي يكملها فبالرغم كل شيء كانت تعلم بأن يكون هناك رجل صالح في حياتك هو أمر ايجابي ولا يجب نكرانه.

فلا الوحدة هي جميلة ولا أن تكون عكس المجتمع هو أمر جيد ولا حتى أن تمشي عكس التيار، ولكن أين هو الرجل المناسب ما الذي سوف تسميته حتى لو وجدته ربما.

كما أن ادوميا كانت عقلانية وهي لازالت تتذكر سعي والدتها في الحصول على رجل مناسب لها ولازالت تتذكر كلام الاستشارية النفسية لها بأن الرجل هو جزء من الحياة والحياة بدونه قد تسبب لك خللا في حياتك.

كما أن والدتها بالتبني قد أخبرتها يوما أنها لو وجدت الرجل الذي يتفهمها كانت ارتبطت به على الفور ولكن للأسف بعض الرجال لا يهتمون إلا للمظهر الأنثوي والبعض يهربون من نجاح المرأة.

كانت ادوميا في تلك الفترة ناجحة ومتألقة ولا تشعر بالنقص ولا تعتقد الاعتقاد الكامل بأن الرجل يكمل المرأة ولكنها تعتقد جازمة بأنه أن كان نقيا فهو سوف يضيف إلى حياتها جوا رائعا من الألفة والوئام النفسي وربما الاكتفاء والإشباع.

ولكنها وبالرغم من بعض الانفتاح الذي لديها على دخول رجل إلى حياتها لم تسمح سابقا لأي شخص بالمحاولة.

ولم تكن لتجد طريقة لكي تتأكد بأن من ستسمح له بالتقدم خطة إليها هو محل ثقة وربما يظهر بشكل ثم يتغير.

لم تكن لتتأكد بنسبه كبيره من انه لن يتغير فالرجال غدارون بطبعهم.

ربما رغم أنها كانت تردد بأنها سوف تتوصل إلى طريقه تضمن من خلالها إيجاد الرجل المناسب ولكنه لم يكن الوقت المناسب.

أكملت ادوميا رسالتها بالتفوق والمثابرة وواصلت مشوارها لأن طموحاتها لم تتوقف هنا، وهذا ما جعلها تتابع دراستها وتحصلت على شهادات عليا ونسيت في خضم ذلك أن تبحث عن رجل.

وبينما هي تتابع طموحها وتلحق بها ظهر في حياتها أكثر من زميل أو صديق ولكنها كانت عازفة عن الرجال

وبسبب تصرفاتها سرعان ما كان يبتعد عن طريقها الرجال لأنها كانت امرأة قويه وذات شخصيه صعبه.

لقد كانت تجيد الحوار والهجوم والدفاع وهذا ما جعلها تبني حصنا وبابها كان مغلقا في وجه أي رجل كان، في وجه كل الرجال الذين ظهروا في حياتها بطريقه أو بأخرى.

لقد كان الرجال يبحثون عن امرأة ناعمة بصوت منخفض، أنثى جميله راقيه رقيقه حنونة ذات عاطف لينه أما بالنسبة لأدومها فقد كانت صلب قاسيه صعبه الميراس، هجوميه ولا تحب مواقف الضعف، إلا أنها كانت جميله مرتبه المظهر أنيقة.

ولكنها كانت سيده عامله وليست ربه بيت لذا فهي لا تجيد حتى قلي بيضة.

لقد اعتمدت ادوميا طريق والدتها المحامية اوليفيا التي كانت تطلب توصيل طلبيات الطعام جاهز إلى

البيت، وكانت تعتمد الاعتماد الكلي على الأكل خارج البيت.

لقد كانت ادوميا تعتمد فقط على مالها ولا تجيد عمل شيء بخلاف والدتها اوليفيا التي كانت تجيد عمل بعض الأشياء بنفسها، لذا فهي كانت تحفظ كل القوانين والمواد الخاصة بقانون الأسرة.

أما عملها في الجمعية الخيرية فقد كانت هي رئيسة جمعية خيرية حقوقي تعني بحقوق المرأة التي كانت قد أسستها والدتها بالتبني المحامية اوليفيا وخلفتها في المنصب وورثت الرسالة والمشوار كله.

الحب يطرق باب القلب

تم توجيه دعوه إلى ادوميا من طرف جمعيه نسويه في دوله آسيوية فقير، حيث كانت هناك قرية تعاني فيها النساء من الاضطهاد وهضم الحقوق والتعنيف ومختلف أشكال العنصرية.

كانت الجمعية ناشطة ولكن صوتها لا يصل إلى الكثيرين، لقد كانت جمعية بسيطة بمؤهلات بسيطة.

ولكي يصل صوتها إلى العالم وجهوا رسالة رجاء
ودعوة إلى جمعية والدة ادوميا التي كان صيتها ذائع
في كل مكان والتي كانت تحقق النجاحات في كل
قضية تتبناها.

وبعد أن درست ادوميا الملف وراجعت الظروف
التي تعيشها أولئك النساء، وبعد أن شاهدت بعض
الأشرطة والفيديوهات المصورة في السر لبعض
النساء والتي تم أرسلتها لها مديرة الجمعية الآسيوية،
قررت في النهاية التوجه إلى تلك الدولة، بل إلى تلك
القرية بالذات من أجل مساعده أولئك النسوة.

لم تكن ادوميا لتتأخر عن أية امرأة في حاجة إلى
إيصال صوتها والصراخ عاليا بالحق ومساعدتها على
الخروج من دائرة الظلم المظلمة.

رحلة تغير اتجاهها

وبعد أن قامت سكرتيرة ادوميا بكل التجهيزات من أجل السفر، وحجزت لها على متن أول طائرة متوجهة إلى تلك الدولة.

وأيضا حجزت لها طائره خاصة إلى القرية التي تقع في إحدى الجزر ولا يوجد مواصلات إلى هناك.

سافرت ادومها في توقيت صعب لان تلك الدولة كانت تعاني من أجواء عاصفة متقلبة، ولأنها كانت

تعتبر منطقه استوائيه والجو يكون بالعادة متقلبا في هذا الفصل من السنة ولكن لم تعطي ادوميا هذا الأمر أهميه وقررت السفر فورا والسبب هو الرسالة التي تحملها.

عندما وصلت ادوميا إلى تلك دولة، إلى اكبر مدينة فيها والتي بها المطار وهي اقرب مدينة من تلك القرية، وجدت بأن كل الرحلات قد تم إلغائها.

بعد أن عرفت بأنه لا يمكن التوجه إلى تلك القرية أو بالأحرى الجزيرة التي هي هنا من أجل بلوغها، إلا بعد مرور ستة أيام أو ربما بعد أن تعلن الأرصاد بأن العاصفة المتوقعة قد مرت بسلام، لم تصدق ما يحصل معها، فهي لا يمكنها أن تبقى كل هذه المدة هنا وبلا حراك ولا هدف.

كان الجو متقلبا ولكنن من لا خبره له بالمدينة وأجواءها المتقلبة لن يتمكن من معرفه مدى صعوبة الطقس أو ما تخبئه السماء والرياح.

عندما نظرت ادوميا حولها شعرت بأن الجو عادي جدا، وأن في الأمر مبالغه من الجهات الإخبارية فطلبت منهم السماح لها بالطيران إلى هناك، كانت نصرة وتريد ذلك بأيه وسيله ممكنه، كما أنها عرضت دفع المال والكثير منه من أجل الوصول إلى تلك الجزيرة.

لأنها مكانه لتستطيع أن تضيع كل هذه الوقت فكل رحلتها كانت فقط لمده يومين لذا فمن غير معقول أن تنتظر ستة أيام من أجل رحله يومين وبعد محاولات فاشلة خرجت ادوميا من ذلك المكتب لتتجه إلى أي فندق قريب لقضاء ليلتها وخاصة أن الليل قد قارب على أن يحل.

فقررت أن ترتاح بعد رحلتها الطويلة وسوف تفكر في من يجدوا لها حلا بعد أن تأخذ قسطا من الراحة أو ربما إن عجزت عن تحقيق ذلك، ربما اقتنعت بالعودة.

رغم أنها كانت لتخلى عن أهدافها ولا عن النساء اللاتي استنجدنا بها وهن في حاجه لها.

وما كانت لتخلى عن قضيتها

وعندما خرجت ادومها وهي تجر حقيبتها من ذلك المكتب لحق بها رجل يظهر من مظهره كم هو فقير ومسكين فناداها سيدتي.. سيدتي وقد كان يجيد لغتها ولكن بشكل بسيط وقال:

Miss miss fly with me

ميس ميس فلاي وذ مي

انسة انسة سافري معي، حلقي معي

كان الرجل يردد ويقول:

Plane plane, fly with me

بلين بلين فلاي ويذ مي

طائرة، طائرة سافري معي

There is a plane

ذار ايز بلاين

هناك طائرة

Do you want?

دو يو وانت؟

هل تريدين؟

فهمت ادوميا منه بأنه يوجد من يستطيع تقديم هذه الخدمة لها بطريقه غير شرعيه وأن تسافر بالمال إن توفر لديها سألته وقالت له:

كم المبلغ؟

How much?

هاو ماتش؟

كم؟

قال لها:

Thousand, thousand, ten thousand

ثاوزن ثاوزن تان ثاوزن

ألف، ألف، عشرة آلاف

ورغم أن المبلغ كان ضخما وأكثر من المبلغ الذي عرضته على العمال في ذلك المكتب إلا أن الفكرة كانت حلا بالنسبة لها.

لقد كان ذلك حل حتى وأن كان الحل خارجا عن القانون أو معارضا أو مخالفا لقناعتها فقد كانت كل حياتها لها قناعات وهي لا تخالف القوانين ولو كانت بسيطة.

عندما فكرت ادوميا سريعا رأت بأن هذه المجازفة لا تضر أحدا، خاصة أنها اعتقدت بأن الجو لم يكن عاصفا إلى تلك الدرجة التي اخبروها عنها.

كانت مقتنعة بأن مخالفة القانون هذه لا تضر أحدا بل هي في سبيل مساعده النساء التي جاءت من أجل الاطلاع على أحوالهم والاستماع إلى انشغالاتهن وهمومهن ومساعدتهن على حل مشاكلهن.

وأيضا من أهدافها النبيلة هو إيصال صوت أصواتهن إلى العالم من أجل نيل حقوقهن الإنسانية والنسائية.

وافقت ادوميا على المبلغ، وأخبرت الرجل بذلك وهي تومئ له برأسها بمعنى نعم بمعنى أنا أوافق سوف أطير معك.

وبعد أن فهم الرجل موافقتها وقد كان يفهم لغة الإشارة مثل نعم تنزل راسك إلى الأسفل وتلتفت يمين وشمال بمعنى لا وهكذا، أخذها إلى حيث توجد الطائرة.

كانت الطائرة صغيرة ولا تتسع لأشخاص كثيرين، اخذ ذلك الرجل بعضا من المال وتشاور مع

صاحب الطائرة الذي لم يصدق المبلغ الذي جاءه به الرجل، لقد اخذ الرجل نصيبه من تلك الصفقة التي أجراها مع معها وأعطى الباقي لصاحب الطائرة الذي كان هو الطيار ذات نفسه.

دفعت ادوميا المبلغ من المال الذي كانت قد أحضرته من أجل الجمعية، وكانت تنوي إعطاءه لمديرة الجمعية.

فقررت أن تستعمل المال للوصول وسوف تقوم بتعويضه فيما بعد.

وبعد مشاورات بين الرجلين، طلب منها الرجل الصعود إلى الطائرة من أجل الانطلاق، لم تكن ادوميا تعرف إن كان الجو ليلا أو نهارا لان الغيوم تجعل السماء داكنة.

وبعدها رفعت عينيها إلى السماء والغيوم، صعدت إلى الطائرة، فنظر إليها الرجل المسكين الفقير الذي كان من اوجد لها تلك الرحلة، وقد هم بالرحيل ثم عاد

إليها وهو يحمل المال وأعطاها صليبا كان يلبسه في رقبته ولكنه أصر على انه للحماية.

أشار لها على انه سوف يحميها في الرحلة لان الرحلة لن تكون سهله والجو صعب جدا وهو ينظر إلى السماء ويحاول أن يشرح لها بأن الجو اليوم صعب جدا.

لم تكن ادوميا متدينة ولكنها أخذت الصليب وبضاعته ووضعته في حقيبتها التي تلتف حول رقبتها وطارت الطائرة.

سألت ادوميا كابتن الطائرة عن عدد ساعات للوصول لكنه لم يكن يفهم لغتها كما انه كان منشغلا بالسماعات في أذنيه ويعاني مع طائرته التي تتأرجح بفعل مطبات الهوائية القوية.

وما هي إلا ساعة أو أكثر أو اقل بقليل حتى سقطت الطائرة بعد معاناة مع العواصف الشديدة والمطبات الهوائية والتأرجح بين علو وهبوط.

سقطت الطائرة وأصبحت حطاما وبعد ليله
بالكامل أفاقت ادوميا التي لم تنتبه ولم تعرف ما حدث
حتى وجدت نفسها ملقاة على شاطئ.

أفاقت ادوميا فوجدت الشمس المحرقة فوقها تحرق
جسدها الجاف على الشاطئ، لجأت إلى شجره على
تلك الجزيرة لكي تحمي نفسها من أشعه الشمس التي
حرقت جلدها لأنها عارية تحت السماء ولا شيء
يحمي جسدها وبالطبع هي لا تضع واقي الشمس.

ويبدو أنها كانت على تلك الجزيرة أو على ذلك
الشاطئ لمده من الزمن.

بعد أن استوعبت الأمر، وأدركت ما يجري،
نظرت هنا وهناك ولم تجد شيئا.

نظرت إلى البحر أمامها ونظرت إلى جزيرة
ورائها، نادت ولم يرد على ندائها أحد.

صرخت بأعلى صوتها ولكن كأنه لم يسمع
صراخها أحد، لقد كان المكان واسعا وفسيحا.

قامت ادوميا مشت ومشت ثم جلست، بحثت عن شيء ما ولم تجد أي شيء لم يكن البحر قد رمى على الشاطئ إلا هي وبعض الألواح التي بلا فائدة.

توجهت إلى داخل الجزيرة ولكنها تعبت من المشي وشعرت بالجوع فعادت أدراجها لأنها كانت تظن بأنه ربما يمر قارب الماء أو ترى سفينة وهي على الشاطئ

لم تكن تعلم ادوميا أين هي ولا ما يمكنها فعله ولا كيف يمكنها العودة فهي لم تكن تريد أن تبقى عالقة على هذه الجزيرة.

شعره بالجوع نظرت إلى الأشجار التي كانت بها ثمار ولكنها عاليه جدا وبعيده نظرت إلى البحر وقد كانت هناك اسماك قريبه من الشاطئ ولكنها كانت سريعة وهي عارية اليدين ثم نظرت إلى الأعشاب وخافت من أن تكون سامه أخذت بعض الأوراق فوجدت بأنها ذاتها حموضة ثم بحثت بين الحشائش فوجدت بعض الأزهار فحاولت أكل بتلاتها.

نامت ادوميا من تعبها تحت شجره شعرت بلسعه ولكن سرعان ما غفت، ولكنها في الحقيقة لم تنم بل فقدت الوعي.

وبعد مرور عده أيام فقط استيقظت ادوميا من الغيبوبة التي كانت قد دخلت فيها دون أن تعلم ذلك.

عندما وجدت نفسها في مكان غير الذي نامت فيه ولم يكن بيتا أيضا لأنها كانت تعتقد بأنها في بيتها وأن كل ما حصل معها لم يكن حقيقة بل كان مجرد حلم.

كانت تعتقد بأنها سوف تستيقظ في بيتها ولكن لم يكون الأمر كذلك.

لقد جرت الرياح لما لا تشتهي السفن وليس كل ما يتمناه المرء يدركه.

رحلة حب وحياة

لقد وجدت ادوميا نفسها في بيت ولكنه ليس مثل بيوت المدينة بل هو بين من طوب وطين وأغصان.

بيت فيه الكثير من الأغراض المصنوعة يدويا، بيت يمثل كلما هو طبيعي وفيه كل شيء يشبه الطبيعة.

ديكوراته الداخلية طبيعية والجدران وما هو معلق عليها، والستائر والفرش.

لا يوجد أي شيء جديد أو يلمع بل كل شيء يميل إلى الطبيعة والتراب والألوان البنية والترابية وما إلى ذلك.

أما باقي الأمور فقد كانت مفروشات قديمة وبعض اللوحات المعلقة والتي كانت تبدو مرسومة لأنها رأت بأن هناك لوح رسم في آخر الغرفة.

وبعد أن عادت ادوميا لوعيها وحاولت أن تتذكر كلما حدث معها سابقا علمت بأنها قد وقع لها حادث شيء وهي الآن في مكان لا تعلم أين بالضبط.

لقد كان الأمر قاسيا ومزعجا بالنسبة لها

كانت تضع يدها على عصابة على رأسها فيبدو أنها قد تعرضت لضربة على رأسها أيضا وهو أمر مزعج أن تشعر بالألم وليس لديها ما يحفف الألم عنها.

فهي لا تستطيع أن تركب سيارتها وأن تتوجه إلى أقرب مستشفى لكي تحصل على علاج.

وبعد فترة من مراودة الأوهام لها عادت ادوميا
إلى الواقع وراحت تفكر في مكانها الذي هي فيه.

وتساءلت عن صاحب هذا البيت ومن هو؟

وأين هو؟

لقد مرت بعض اللحظات منذ أن استيقظت ولكنها لم
تر أحدا.

تجولت ادوميا في كل أجزاء البيت ثم لاحظت بأنه
يبدو وكأنه لا احد هنا.

صاحت بأعلى صوتها وقالت:

مرحبا

هل من احد هنا؟

ولكن لم يكن هناك جواب

بيت ولا احد

لقد كان البيت مريحا ولكن لما ليس هناك أي احد؟
هذا هو السؤال الذي كان يتبادر إلى ذهن ادوميا والتي
كانت تتساءل وهي ترى بأن البيت كان مأهولا ولم
يكن يبدو مهجورا البتة.

ولكن لما لا احد يجيب؟

وكيف لها أن وصلت إلى هنا؟

من الذي احضرها؟

لم تجد ادوميا أجوبة لأسئلتها التي كانت تراودها وفجأة شعرت بجوع فقررت أن تبحث عن أي شيء يمكن تناوله.

مشت ادوميا في ذلك البيت الذي كان لديه طابقان وكلاهما بعيدا عن الأرض فقد كان من صممه يعتمد على جذوع الأشجار وأغصانها المتينة والغليظة لكي يؤسس البيت عليها.

كان البيت أشبه ببيت الشجرة ولكنه الكبير بكثير من أي بيت شجرة رأته في حياتها.

لقد كانت فليلا على الشجر وليس على شجرة واحدة، بل على مجموعة من الأشجار القوية والمتينة.

كان البيت ذا هندسة جيدة وكان من صممه يعلم كل تفصيل صغير لما وأين يجب أن يتم وضعه ولكن هل يمكن أن يكون قد صممه مهندس معماري فالتهوية جيدة والمناظر التي حافظ عليها أمر رائع.

وهناك سهولة في الصعود والنزول والأمر المهم الآخر هو لما البيت فوق الشجر وليس له طابق على الأرض.

هذه الملاحظة الأخيرة، جعلتها تفكر كثيرا في كون هناك سبب جعله أي من قام ببناء البيت قد فعل ذلك عن قصد ولسبب معين.

ربما حدث أمر جعله ذلك أو ربما هناك سبب لفعل ذلك، هل هذا بسبب الحياة على الجزيرة.

هل هناك حيوانات مفترسة مثلا؟

هل هناك وحوش ربما؟

فكرت قليلا في هذا الاحتمال والذي كان يبدو منطقيا فجزيرة كهذه لابد وأن تكون عليها بعض الحيوانات المفترسة وقد يكون هذا هو السر وراء أن المهندس أو أي كان من قام ببناء هذا البيت قد جعله عاليا وتخلى عن الطابق الأرضي لكي لا يقلق ليلا

بينما هو نائم فقد يباغته حيوان ويهجم عليه ويتمكن
منه بكل سهولة بينما هو يغط في نوم عميق.

تصرفات غريبة

بينما كانت ادوميا تبحث عن الطعام قد أخذت جولة في المنزل الذي سلبها لبها من قوة جماله وتفاصيله الهندسيّة وما فيه من أدوات مصنوعة يدويا.

لقد كانت معجبة بالهندسة المعمارية، وأيضا بكل ما كان هناك إلا أنها لم تجد أي أمر شخصي.

أي أنها لم تستطع أن تتعرف على صاحب البيت فقد رأت أمورا عامة ولم تجد أي شيء شخصي مثل صورة أو غرض خاص.

ولكن كانت هناك غرفة مثل الغرفة السرية والتي لم تستطع ادوميا أن تدخلها لأن بابها كان مغلقا إلا أنها تمكنت من رؤية بعض الأشياء من خلال نافذة خارجية.

من النافذة ظهر لها سرير داخل الغرفة يبدو وكأنها غرفة نوم ولكن لم تستطع أن ترى الكثير.

وبينما هي تأخذ جولة بدون سابق تخطيط لذلك البيت الجميل حتى اشتمت رائحة لذيذة.

يبدو وكأنها رائحة طعام ولكن من أين تأتي هذه الرائحة؟   لقد انبعثت الرائحة من حيث لا تردي ولكنها أصبحت منتشرة في كل مكان.

تبعت ادوميا التي كانت تشعر الجوع الشديد، الجوع الذي اشتد عندما اشتمت رائحة الطعام.

دخلت ادوميا من غرفة إلى غرفة وهي تتبع الرائحة حتى وصلت إلى أول غرفة.

الغرفة التي وجدت نفسها فيها عندما استيقظت، وقد كانت في الجهة الأخرى من البيت.

لقد تفاجأت أدوميا بما وجدته هناك ولم يكن صاحب البيت بل كانت مائدة من الطعام.

مائدة صغيرة من الخشب يدوية الصنع وعليها ما لذ وطاب من الطعام، طعام مطهو وساخن وأيضا فواكه، منها فاكهة تراها لأول مرة.

صاحت ادوميا بأعلى صوتها وقالت:

مرحبا

مرحبا

من هناك؟

لما أنت تختبئ؟

هل يمكنك الخروج من فضلك؟

وخرجت من الغرفة نظرت يمينا وشمالا ولم تجد أحدا ولم يرد عليها احد، ثم عادت بعد أن فقدت الأمل في أن تجد أحدا أو جوابا.

وقد كان الجو هادئ وفقط بعض الرياح الموسمية الهادئة والتي كانت تجعل المكان أجمل بكثير فهي تلعب بالستار البيضاء الخفيفة.

جلست ادوميا إلى تلك المائدة وتناولت الطعام كأنها لم تأكل من قبل، لقد كانت تشعر بجوع شديد.

وبعد أن شبعت وهي لازالت تشعر ببعض الألم في رأسها خلدت إلى النوم ولم تصحو إلا مساء حيث حل الظلام ولكن المكان كان خلابا.

هل من مجيب؟

بحثت ادوميا عن الشخص الذي كان موجودا ولكنه يختبئ لسبب مجهول، سبب لا مبرر له.

لم يكن صاحب البيت بعيدا لأنه كان يطهو الطعام ويضعه وأيضا كان يشعل الشموع التي تزين ذلك المكان وتنيره بأكمله.

بحثت عن أي شيء خاص ولم تجد، كما أنها لم
تجد الشخص في حد ذاته

لقد أصبحت ادوميا تعلم بأن صاحب البيت يختبئ
عمدا وهو لا يريدها أن تراه، ولكن هذا لم يمنعها من
أن تبحث عنه، فكانت تصرح وتسأل:

هل من مجيب؟

هل من مجيب؟

ولكن لا مجيب، أحيانا تظن بأنه خيال أو شبح
ولكنه حقا شخص ما موجود هناك.

فقد كان ذلك الشيء يعتني بها فمثلا عندا شعرت
بتوعك وجدت شيئا يسبه الدواء مع كوب ما فقررت
أن تتناول وقد خف الألم.

بالفعل كلما احتاجت لشيء ما كانت ما إن تنطق به
حتى يحضر أمامها.

ما هذا؟

هل هو بشر؟

أم أنه ملاك حارس؟

رجل غريب وتصرفات غريبة

وبعد مرور عدة أيام والحال على ذلك الحال، وادوميا تنام وتتناول الطعام وتستريح وتستجم، تتمتع بأشعة الشمس خلال النهار وتتمتع بالسماء والنجوم ليلا.

تستمتع لأصوات الحيوانات وأيضا أصوات الأمواج والبحر ومختلف أصوات الطبيعة.

وعندما أرشدها صاحب البيت إلى الحمام من أجل أن تستحم وقد كان لديه حمام رائع وقد كان بإمكانها السباحة في البحر نهارا، وفر لها ثيابا نظيفة وهنا اكتشفت بأنه رجل فالثياب كانت ثياب رجل.

لقد عرفت ادوميا بأنها تعيش في بيت رجل ولكنها لم تستطع أن تكتشف الكثير.

فهي لا تعرف عمره ولا اسمه ولا كيف له انه يعيش هنا ولا لماذا؟

لقد أصبحت تخاطبه على انه رجل ولكنها لم تعرف اسمه وأصبحت توجه له الكثير من الكلام وتطرح التساؤلات رغم أنها أيقنت بأن أسئلتها لن تجد أجوبة.

تساءلت ادوميا كثيرا حول هذا الرجل الغريب والذي يتسم بالغرابة وكل تصرفاته غريبة.

لما يعاملها بشكل جيد، لما يقدم لها البيت والمأوى والطعام بلا مقابل.

لما يعاملها بطريقة جيدة فكلما تعرفه هي عن الرجال أنهم ليسوا جيدين ولكن هذا الرجل الغريب كان جيدا.

هل هو طفرة

أم لأنه يعيش على جزيرة لوحده

أو أن وراء تصرفاته دافع آخر

لقد كانت تظن انه ربما قد يكون رجل مسن ويعتبرها ابنة له مثلا فهو يعطف عليها.

أو ربما هو يستضيفها لبعض الوقت ثم يحين موعد مغادرتها عندما تشفى بالكامل.

مواجهة المضيف

بقيت ادوميا تلك الفترة في ذلك البيت وهي تفكر في وسيلة لمغادرة الجزيرة والعودة إلى حياتها ولكنها كانت ترى بأن البحر واسع ولا يوجد اثر لأي سفن ولا قوارب وكأنه لا يمر من تلك المنطقة أحد.

وعندما طرحت السؤال على المضيف والذي كان يجيبها أحيانا برسائل يكتبها على رمال وأحيانا يضع في متناولها ما تبحث عنه.

هذه المرة سألته عن كيفية مغادرتها الجزيرة لأنها أصبحت أفضل حالا ولم تعد مريضة.

في هذه الحالة وقد كررت السؤال أكثر من مرة ولكنها لم تجد جوابا.

يبدو انه لا جواب لديه أو ربما لا يعرف كيف لها ان تغادر الجزيرة.

لقد كانت تطرح الأسئلة الكثير منها وبطرق مختلفة وأحيانا تغير من طريقة طرحها للسؤال فكانت تريد أن يجيبها ولو بأي شيء لكي يبث الأمل فيها.

لقد كانت ادوميا تريد المغادرة، كانت تريد العودة إلى حياتها فهي لم تتعود على حياة بلا عمل، حياة بلا موكلين، بلا زبائن، بلا كمبيوتر محمول، بلا هاتف، بلا انترنت.

حياة بلا هموم، حياة بلا مشاكل الناس، حياة بلا هدف.

لم تتعود ادوميا على الحياة الهادئة الخالية من المتاعب، لم تتعود أن تعيشها في حياتها ولكنها أحبتها وقد تعودت عليها خلال الفترة الماضية.

الوقوع في حب غريب

بالرغم من الفراغ الذي كانت تشعر به ادوميا إلا أنها قد أغرمت بكل تلك الطبيعة التي لم تتأملها مثلما فعلت خلال الأيام الماضية.

لقد تخلصت أدوميا من كل الضغط الذي كانت تعيشه في حياتها العملية والذي كان يرافقها إلى حياتها العادية وأيامها العادية، فهي لم يكن لديها يوم إجازة لأنها كانت تأخذ العمل والقضايا العالقة معها إلى بيتها لكي تتابع العمل عليها.

لذا لقد كانت تفكر في العمل أربع وعشرون ساعة طوال أيام الأسبوع.

لقد كانت تعيش بتوتر وتعمل بشكل مضغوط ومكثف، ولكنها لم يسبق وأن جربت التأمل والحياة في الطبيعة

السكينة

الهدوء

الراحة

التأمل

لقد كانت فترة جميلة ومليئة بالأحاسيس الغريبة والمشاعر الجميلة.

أصبحت ترى أدوميا بأنها بحالة نفسية جيدة وبأن أعصابها مسترخية وأيضا عضلاتها، فقد كانت تشعر بألم في رقبتها سابقا وهو الم شبه يومي وهو من جراء الجلوس للعمل لساعات على الكمبيوتر.

كما كان يلازمها الم في الظهر.

وقد كانت تتناول الكثير من الأدوية للألم العضلي ولهدوء الأعصاب ومقويات وفيتامينات وقد فقدت حقيبتها في الحادث، ولكنها لاحظت بأنها تعيش بدون حاجتها لكل تلك الأدوية كما أن اغلب تلك الأمراض قد اختفت.

لقد تغيرت ادوميا وأصبحت امرأة أخرى، هادئة ومسترخية ومقبلة على الحياة

تعلمت ادوميا كيف تتعامل مع الطبيعة فأصبحت تصحو قبل شروق الشمس وتستمتع ببزوغ الفجر، وتراقب خيوط الشمس وهي ترميها فوق الأمواج صباحا.

تراقب كل غروب ولا يفوتها أي غروب، لقد أصبح الغروب بالنسبة إليها كأنه طقس عبادة لا تتخيل أن يفوتها لأي سبب كان.

ولكن حدث معها أمر جميل لقد تمكنت ادوميا من رؤية ذلك الرجل ولكن ليس بشكل واضح

لقد كان ممنوعا عليها أن تبقى على الأرض لوقت الغروب وهذه ملاحظة كانت قد تركها لها المضيف الذي هي لا تعرف حتى اسمه لحد الآن.

وفي يوم وبينما هي تراقب غروب الشمس لاحظت وجود رجل هناك على الشاطئ.

لقد رأته وعلمت بأنه هو المضيف وصاحب البيت والذي كان يعاملها بشكل جيد جدا.

لقد كان يظهر من بعيد ولكن تمكنت من أن تعرف بعض الأمور عنه، ولأنها تعلمت أن تطهو فقد وصلت إلى شرفتها التي تطل على الغروب في وقت متأخر بعض الوقت بسبب أنها كانت تطهو بعض الطعام.

لقد أصبحت تطهو بعض الأطباق السهلة وتترك لذلك المضيف طبقا من أجله فكان يأخذه ويترك لها أزهارا مكانه.

في ذلك المساء المتأخر وعندما بدأت السماء تصبح قاتمة وجدت ادوميا بأن الرجل كان يقف هناك على الشاطئ ولو لحقت قبل ذلك لتمكنت من رؤيته بشكل أوضح.

لقد عرفت طوله ووزنه وقد كان رجلا طويل القامة باعتدال رشيقا ويبدو أن له جسدا رياضيا بعض الشيء، يمشي بخطى ثابتة ويتأمل الغروب هو أيضا.

يبدو انه هو من أراد لها أن تراه لأنه وقف في مكان يعرف أنها تراقبه كل يوم وفي زاوية تقابلها ولكنها للأسف لم تتمكن من رؤية كل شيء.

لم يكن يبدو الرجل انه رجل مسن ولا شيخ كما اعتقدت ادوميا بل كان رجلا في سن الرجال، لا هو شاب يافع ولا رجل كهل.

انه رجل محترم ومؤدب وغامض

رجل جيد

رجل يبدو وسيم معتدل الطول والوزن ويبدو بصحة جيدة

ولكن الأمر الوحيد المحير فيه هو لما هو غامض هكذا؟

لما يجعل حاجزا بينها وبينه

لماذا هو هكذا؟

ولكن بالرغم من انه يبتعد عنها ويختفي عن الأنظار إلا أن ادوميا كانت تشعر بأنه قريب جدا وأيضا كانت تشعر بأنه كان يراقبها ور ربما يحرسها، لكي لا يصيبها أي مكروه.

كما أنها كانت مطيعة لأوامره وعندما كان يمنعها من صعود الجبل أو المشي في أماكن غريبة فهي لا تفعل وتطيع أوامره أو تمثل لكلامه.

وبمرور الأيام تعلقت ادوميا بذلك الطيف فكانت تطلب منه النزول أو الظهور لكي تتكلم معه.

وقد كانت تسمع وقع أقدامه في الطابق العلوي ولكن كلما أسرعت لكي تكلمه يختفي.

لم تعلم لما كان يفعل ذلك؟

ولكن عندما أصبحت بكامل صحتها، أصبحت تلح عليه لكي يخرج ويظهر لها ويكلمها بكل صراحة.

كانت لديها الكثير من الأسئلة.

عنه عن نفسه عن الجزيرة وعن السبيل للعودة.

حقا كانت ادوميا تريد العودة ولكنها في نفس الوقت كانت قد تعلقت بذلك المكان وأيضا بصاحب المكان.

رغم أنها لا تصدق ما كان يحدث معها فصاحب المكان هو في النهاية رجل، مجرد رجل وهي كانت ضد الرجال وكانت لديها أفكار مسبقة عن الرجال وعن تصرفاتها الهجينة وعن الخيانة التي هم قادرون عليها.

وبالرغم من كرهها للرجال والواضح إلا أنها كانت تحاول أن تتأقلم مع المشاعر الجديدة التي أصبحت تراودها.

لقد علمت ببساطة بأنها قد وقعت في حب ذلك الرجل الغامض.

رفض المغادرة

كيف لادوميا نصيرة المرأة الباحثة عن حقوق النساء، نصيرة المظلومات والمعنفات.

ادوميا المحامية الصلبة والحقوقية الناشطة في حماية حقوق المرأة.

أدوميا كارهة الرجال والتي قررت أن تحافظ على مسافة بينها وبين آدم الرجل الذي قد يتجاوز حدوده لكي يدخل عالمها على شكل حبيب أو زوج.

ادوميا التي أثارت كل عواطفها ضد الرجل والتي صاغت كل مشاعرها ضد الرجل.

كيف لها أن تشعر بالأمان فقط بوجود ذلك الرجل قريبا منها رغم أنها لم تره عن قرب.

كيف لها أن تسمح لقلبها بأن ينبض نبض الأنثى للرجل.

كيف لها أن تقول بأنها قد فقدت السيطرة على قلبها

نعم لقد أذعنت لقوة أقوى منها

لقد روضتها تلك الجزيرة

وكما تغيرت كل حياتها ومشاعرها التي تناسبت وتناغمت مع الحياة البرية الهادئة والنقية.

كما روضتها الجزيرة يبدو أن تلك المرأة القاسية قد لانت للحياة.

يبدو أنها قد وقعت في الحب دون أن تدري

بل وربما بعد أن وقعت في الحب أصبحت موافقة مع قلبها ولم تعد ثائرة غاضبة مهاجمة شرسة بل أصبحت مذعنة خاضعة لينة.

أصبحت ادوميا مثل اللبؤة شرسة مع الجميع لينة مع الأسد.

يبدو أن ادوميا قد تغيرت ولم تعد هي نفسها الناشطة الحقوقية المحامية التي لا حياة لها إلا العمل.

لقد كانت ادوميا تعيش بين الملفات والقضايا وكانت تستهلك صحتها وتثبر أعصابها في سبيل غيرها ومن أجل غيرها.

كانت تحقن نفسها بمشاعر الغضب والظلم والحقد على الرجل من أولئك النساء اللاتي كن يأتينها من أجل محاربة أزواجهن.

كانت تتنشبع بكل تلك المشاعر السلبية وكأنها هي المظلومة ومهضومة الحقوق والتي تتم معاملتها بقسوة وعنف وكأنها هي الشخص الذي يعاني فعلا وكلما

سمعت كلام موكلاتها كلما انزعجت واحتقنت وكلما درست القضية في البيت حقدت على كل الرجال في العالم، وبعد هذه الفترة التي مرت والتي كانت مثل فترة التشافي والنقاهة بالنسبة لها تخلصت ادوميا من كل تلك المشاعر المتراكمة بداخلها وأطلقت العنان لنفسها لكي تصبح شخص آخر.

لكي تصبح نفسها

عندما أصبحت في معزل عن الناس أصبحت نفسها

لقد أطلقت صراح والدتها ووالدتها بالتبني وكل الناس اللواتي كن بداخلها.

لقد أطلقت سراح كل المشاعر السلبية والأحاسيس السيئة التي ورثتها والتي كانت تؤمن بأنها مبادئها الحقيقية.

تلك المشاعر التي تشربتها والثقافة التي تكونت في أنحاء جسدها الصغير عندما كانت مجرد جنين في بطن والدتها والتي رضعتها عندما كانت طفلة

رضيعة، والتي تربت عليها وكانت تظن أنها هي كل الموجود وأنها الصحيح على العموم والأصح بوجه خاص.

قررت ادوميا أنها فعلا أحبت هذا الرجل الغامض والذي لم يؤثر عليها بلا أية كلمة.

لقد قررت بأنها أحبت رجلا غير موجود رغم انه موجود.

رجل يوفر لها بيتا وطعاما بينما هي على ظهر تلك الجزيرة لا تستطيع أن توفر لنفسها ما وفره لها.

رجل يبدو أقوى منها من كل النواحي على ظهر تلك الجزيرة حيث لا يمكنها أن تساوي نفسها به ولا أن تتحداه ولا حتى أن تبين قواها العضلية لكي تتغلب عليه في عدوة للمساواة بين المرأة والرجل.

رجل يوفر لها الحماية والأمان في وقت هي بحاجة لذلك.

رجل يوفر لها حضنا دافئا بينها هي تشعر بالبرد والضعف.

ربما هي المرة الأولى التي تشعر فيها ادوميا بالضعف فلطالما كانت تدعي القوة والصلابة.

ولكنها اليوم أصبحت تشعر بالانتماء إلى هذا الرجل رغم أنها لم تره ولم تكلمه ولا بكلمة واحدة.

رجل أصبحت تتوق لرؤيته وتتبع كلماته ونصائحه وتطيع أوامره وتأكل ما يحضره لها وتتابع خطواته وتراقب تحركاته.

لقد أحبت ادوميا ذلك الرجل الذي كانت ترى بأنه لم يكن يبذل جهدا لكي يجعلها تقع في غرامه بل بالعكس لقد كان يتحاشى اللقاء معها والاجتماع بها.

ولكن لم تكن تعرف ادوميا رد فعل ذلك الرجل ولا تعرف مشاعره ولا ظروفه.

هل هو مرتبط أم أنه حقا يعيش لوحده وقلبه غير مسكون.

هل يمكن أن يكون قد أحبها هو الآخر؟

هل يعقل أن يكون قد وقع في حبها وبادلها نفس الشعور الذي تكنه لها.

وفي يوم ترك لها الرجل رسالة واخبرها ابنه يعلم بأن إحدى السفن سوف تمر غير بعيد عن الجزيرة من الطرف الآخر وهي سفينة بضائع ويمكن أن يجعلهم يقلوها إلى بلادها أو أية بلاد قريبة يمكنها منها السفر إلى بلدها.

تفاجأت ادوميا بذلك الخبر ولم ترد أن ترجع.

فأخبرته بصوتها العالي بأنها لا تريد أن ترجع إلى بلادها وأن كان يريد أن يتخلص منها فلما لا يواجهها.

وقالت له:

لما أنت مصر على الاختباء؟

لماذا لا تواجهني؟

هيا اخرج ولا تكن جبانا

هل أزعجك وجودي؟

هل تريد التخلص مني؟

هل تريد أن تستعيد بيتك وحريتك؟

أنا حتى لا اعرف اسمك هيا اخرج وواجهني لا تكن جبانا

وليكن في علمك بأنني لن أغادر هذه الجزيرة

أنا سوف لن أغادر أبدا

وأن كان ولابد لك أن تتخلص مني فاظهر لكي نتفاهم   مرت عدة أيام ولم تتغير معاملة الرجل الغامض لأدوميا ولازال يوفر لها الطعام والخضار والفواكه ولازال يتبع خطواتها هذة الآخر ويحاول حمايتها بكل الطرق وأيضا يقدم لها النصائح ويجنبها المتاعب ويجيب على أسئلتها بطريقته الخاصة.

وهكذا وقبل أن يحين موعد السفينة بأيام ظهر لها الرجل وأخيرا لأنه كان يعلم بأن تلك السفينة هي

السفينة الوحيدة التي تمر من تلك البقعة في العالم وتمر فقط مرتين في السنة.

مرة وهي طريق سفرها والأخرى في طريق العودة ولا يمكن أن تسافر ادوميا إلى بلادها أبدا أن فوتت عن نفسها هذه الفرصة، لأن الرحلة القادمة للسفينة سوف تكون بعد ستة أشهر ولن تقلها لأنها سوف ترسو في عرض البحر لمدة أشهر وترجع بعد ستة أشهر أي أن الفرصة القادمة سوف تكون بعد سنة.

لقد كانت مهمة الرجل صعبة بأن يقوم بإقناع ادوميا بالسفر فهي عنيدة وإن لم تقتنع فلن يفلح احد في إقناعها.

وهكذا كان موضوع عودتها هو ما جعلها وأخيرا ترى الرجل الذي وقعت في حبه.

لقد كانت هناك تناقضات كثيرة فمثلا هي تحبه ولا تعلم لما هو يحاول إقناعها بالمغادرة.

لقد كانت تشعر بأنه يحبها ولكنها لم تستطع أن تفهم حقيقة الأمر لذا كان لابد من المواجهة ومن أن تنظر في عينه وهو يطلب منها المغادر لكي تقتنع بأنه يعني ذلك في تلك الحالة فقط ربما سوف تقتنع وتغادر

لقد كانت تريد أن تعرف إن كان يحبها أو لا يهتم بها.

فتصرفاته كانت تبرهن على انه يحبها ولكن موضوع المغادرة يقول عكس ذلك.

وجه لوجه مع الحب

وأخيرا ورغم الوضع الذي لم يكن جيدا إلا أن ادوميا قد تمكنت من رؤية الرجل الذي أسرها بحبه رغم أنها لم تره من قبل ولكن الفترة التي مرت وهي تعيش معه رغم انه ليس معها قد جعلتها تحبه

لقد كانت تستغرب عدم محاولته لإغرائها أو التقرب منها بل بالعكس كان يحاول أن لا يتصادم معها وهذا ما قد جذبها إليه وجعلها تسعى لكسب حبه.

لم يسبق أن عاملها احد بهذه الطريقة بل كان الرجال الذين مروا بحياتها إما يتقربوا منها لكونها امرأة قوية وبشخصية صعبة وصعبة المنال فتكون بالنسبة لهم تحديا ذا طعم مختلف، أو ينفروا منها لشدة كرهها للرجال وطريقة معاملتها لأعداء موكلاتها.

لقد كانت ادوميا حادة جدا وشرسة في تعاملها مع الرجال وخاصة من كانوا أعداء لموكلاتها فهم قد كانوا أعداء لها هي أيضا.

ومن خلال ما سبق فان أسلوب حياتها قد تغير ونظرتها للعالم قد اختلفت وأيضا تفكيرها قد تغير ولم يعد مثل السابق.

ولشدة إصرارها على مقابلة الرجل ولأنه ترفض الرحيل قرر أن يقابلها من أجل مصلحتها

لقد كان ذلك الرجل يفكر في مصلحتها ولم يكن أنانيا لكي يفكر في نفسه هو بل كان من أخلاقه ومن واجبه اتجاهها أن يخبرها بالحقيقة وأن يخبرها عن تلك

السفينة وأن يترك لها الاختيار دون ضغط أو ابتزاز عاطفي.

وأخيرا حصل اللقاء

في صباح اليوم الذي كان يسبق موعد مرور السفينة من هناك خرج الرجل لكي يقنع ادوميا بالرحيل إن كانت تريد العودة إلى حياتها فألقى عليها التحية وقال:

مرحبا ادوميا الست تريدين الرحيل؟

أدوميا:

وأخيرا أنت هنا

أدم:

أنا دائما هنا، ولم أغادر المكان أبدا

أدوميا:

أنت تفهم قصدي

لما كنت تختبئ؟

أدم:

لا لم أكن اختبئ فقط كنت أفسح لك محالا لكي لا
تشعري بالضيق.

أدوميا:

ولما عساي اشعر بالضيق؟

أدم:

اقصد أنني كنت أريدك أن تشعري براحة اكبر وكنت
ستنعمين بالهدوء في غيابي أكثر.

أدوميا:

ولكن إنه بيتك

أدم:

أنا لم أكن بعيدا أحيانا في غرفتي وأحيانا في الطابق العلوي.

أدوميا:

ولكنك كنت تتحاشاني

لما؟

أدم:

لم أكن اتحاشاكي

أدوميا:

بلى

أدم:

لا تفهمي الأمر بشكل خاطئ

أنا فقط كنت أحاول أن أوفر لك راحتك بعيدا عني

وعن أي عوامل مزعجة

أدوميا:

لست افهم

لما أنت تتكلم بهذه الطريقة؟

أدم:

لا عليك لا تفكري في هذه الأمور

هل أنت مستعدة للرحيل؟

لم يتبق إلا ساعات وتمر السفينة من هناك

(ونظر إلى عرض البحر)

إن كنت تنوين اللحاق بها يجب أن نخرج الآن لكي نراقب البحر وننتظرها

أدوميا:

لما أنت مستعجل على رحيلي؟

أدم:

ألست مستعجلة أنت؟

ألا تريدين الرحيل؟

لقد أخبرتك سابقا بأنها الفرصة الوحيدة لمغادرة هذه الجزيرة.

أدوميا:

وإن يكن؟

أدم:

إن فاتتك الفرصة سوف تبقين هنا محتجزة على ظهر هذه الجزيرة لسنة كاملة

أدوميا:

لا يهمني

أدم:

أحقا لا تهتمين؟

هل تريدين العيش هنا على هذه الجزيرة التي لا يوجد عليها بشر؟

أدوميا:

ليس عليها بشر؟

أدم:

أجل فهنا لا يوجد أحد غيري

أدوميا:

ولكنك أنت موجود

أدم:

أنا أعيش هنا منذ زمن طويل، وقد تعودت على الحياة هنا

أدوميا:

لما لا تخبرني عن نفسك قليلا؟

أدم:

ما الذي تريدن أن تعرفيه؟

أدوميا:

كيف أتيت إلى هنا ولما تعيش وحيدا؟

أدم:

لقد وجدت طريقي إلى الراحة والسعادة هنا

أدوميا:

أنت تشعر بالسعادة وحيدا؟

أدم:

ليست السعادة دائما مع الناس ولكن أظن أنك أنت
تعيشين في حياة الناس

أدوميا:

ماذا تقصد؟

أدم:

ألست محامية؟

أظن أنك اشتقت لحياتك

ألا تريدين العودة؟

أدوميا:

أجل طبعا ولكن أظن أنني لست متشوقة للعودة كثيرا

أدم:

هل أسرتك الجزيرة؟

قالت أدوميا بصوت منخفض أي وهي تكلم نفسها بصوت غير مسموع:

بل أنت من أسرتني؟

ثم قالت له بصوت مسموع:

ربما

أدم:

هل تفكرين حقا في البقاء هنا؟

أيمكنك العيش بدون كل موكلاتك ومشاكلهن؟

ألست بتلك الطريقة تشعرين بالرضا؟

أدوميا:

ولكن..

من أخبرك بأنني اشعر بالرضا بتلك الطريقة؟

آه ...

هل..

كيف لك أن تعرف..؟

هل وجدت مذكراتي؟

هل قرأت مذكراتي؟

أدم:

أجل لقد وجدت بعض الأغراض وقد قرأت عندما كنت نائمة في الأيام الأولى عندما وجدتك

أدوميا:

ولكن ...

أدم:

أسف

أنا لم اقصد ذلك، أنا فقط كنت أريد أن اعرف عنك

وعندما وجدت صورتك عرفت بأنها لك

أدوميا:

وأين هي؟

أدم:

إنها في غرفتي

أدوميا:

ولكن لما لم تعطها لي؟

أدم:

لم تأت مناسبة لفعل ذلك

كما أنني ...

أدوميا:

ماذا؟

118

أدم:

لا اعلم ماذا يجب أن أقول

أدوميا:

ماذا؟

أدم:

خفت أن تتضايقي لأنني قرأتها

أدوميا:

لا عليك ما فيها ليس أسرارا

أدم:

لست متضايقة إذن

أدوميا:

لا.. إنها مجرد أفكار قديمة

أدم:

ولكن أظن أن لديك أفكارا أعتقد أنها خاطئة فيما يخص

الرجال

أدوميا:

ماذا تقصد؟

أدم:

هل حقا تريدين مناقشة ذلك؟

لا أظن انه الوقت المناسب لفعل ذلك

أدوميا:

هل لأجل هذا كنت تتهرب مني؟

لقد قرأت أمورا كنت قد كتبتها عن الرجال في حياة

كنت فيها ضد الرجال.

من أجل ذلك كنت تختبئ.

لقد قرأت أفكاري.

أدم:

آسف لأنني فعلت ذلك

أدوميا:

ولكن..

أدم:

لكن ماذا؟

أدوميا:

أنا قد تغيرت

أدم

هل تعتقدين ذلك؟

أدوميا:

لا لست اعتقد

أنا أؤمن بهذا لقد تغيرت

أدم:

تغيرت؟

أدوميا:

أجل..

لقد تحررت من كل المعتقدات التي كنت أؤمن بها

لم تكن معتقداتي بل تم تسميم روحي بها

أدم:

هل تعنين ذلك؟

أدوميا:

أجل لقد اكتشف نفسي من جيدي

لقد وصلت إلى الهدوء الروحي والعقلي والنفسي والعاطفي

لقد تصالحت مع ذاتي

أدم:

وما الذي تنوين فعله الآن؟

أدوميا:

هل تسمح لي بالعيش هنا؟

أدم:

أحقا تريدين العيش هنا؟

هل تستطيعين العيش وحيدة بعيدا على الناس يجب أن تفكري في الأمر مليا.

إنها مجازفة؟ بل مغامرة لا تعرفين إن كنت قادرة على خوضها.

أدوميا:

بلى أنا أريد ذلك

أدم:

سوف أسألك للمرة الأخيرة لأن السفينة اقتربت كثيرا

هل تريدين العيش على هذه الجزيرة؟

أدوميا:

أجل

و

أدم:

و.. ماذا؟

أدوميا:

و..

معك

أدم:

معي؟

أدوميا:

أجل معك فهل ترحب بي هنا معك؟

أدم:

هل تقصدين بأنك لم تعودي حاقدة على الرجال؟

أدوميا:

أجل

ليس كل الرجال طبعا فأنا لن أسامح أولئك الذين كنت أساعد النساء للتخلص منهم ومن المعاناة والرعب.

ولكنني أصبحت أعلم بأنه ليس كل الرجال سواء.

أصبحت أعلم بأنه هناك آدم لكل حواء.

وهناك رجل لكل امرأة إلا أن البعض يقع في الاختيار الخاطئ والبعض يظلم نفسه قبل أن يظلمه الآخرون.

على كل شخص أن يتحمل مسؤولية اختياره.

أدم:

وماذا بالنسبة لي؟

أدوميا:

أنت لقد عاملتني بطريقة مختلفة

أدم:

لم اقصد ذلك

أدوميا:

أنا لم اقصد أنها سيئة

أدم:

لقد كنت خائفا من أن ترفضي مساعدتي فقط لمجرد أنني رجل

أدوميا:

أجل لقد كنت كارهة للرجال إلى تلك الدرجة ولكنك بطريقتك قد جذبتني إليك واعدت التوازن إلى حياتي

أدم:

هل تقصدين..؟

أدوميا:

ماذا؟

أدم:

هل ترغبين حقا في البقاء؟

أدوميا:

إن كنت أنت تريد مني البقاء سوف أبقى إلى الأبد وإذا
لم تكن تريد رفقتي سوف أغادر

أدم:

بلى

أدوميا:

بلى؟

ماذا تقصد

أدم:

بلى أريد منك البقاء

ابقي رجاء

اسمعي يا ادوميا أنا لست جيدا مع النساء

لم أكن يوما كذلك

ضحكت وقالت:

كلما فعلته معي ولست جيدا مع النساء

لقد أحسنت معاملتي ولفترة طويلة وهذا إن دل على
شيء فهو يعني بأن هذه هي طبيعة تصرفاتك وطريقة
حياتك والأمر هذا قد أسرني.

أدم:

أنا حقا أريد منك البقاء ولكن لا يمكنني أن أرغمك
على ذلك ولا يمكن أن اطلب منك التضحية بحياتك

وعملك وكل شيء في سبيل البقاء هنا معي على هذه الجزيرة.

أدوميا:

أنت لست تطلب مني شيء أنا هي من تريد البقاء

أنا بحاجة للبقاء

وقلبي مؤمن بما اشعر

أدم:

وقلبي أيضا مؤمن بما يشعر

الوثوق في الحب

لقد وثقت ادوميا في الحب ووثقت في قلبها وبما تشعر به وقررت البقاء في تلك الجزيرة مع ذلك الرجل الذي شعرت بأنه يبادلها نفس الشعور.

لقد كان مرتبكا بعض الشيء ربما لأنه لم يقابل امرأة منذ زمن أو ربما لأسباب أخرى تعود إلى علاقاته في الماضي ولكن لقد ظهر عليه بأنه واقع في حبها مثلما كان واضحا عليها.

قررت البقاء هنا وهو كان يريد منها البقاء إلا انه لم يستطع الضغط عليها وقد صارحها بحبه فيما بعد

واعترفت له هي بمشاعرها وعاشت معه في تلك الجزيرة حيث وجدت نفسها واكتشفت حقيقتها وتعرفت على نفسها من جديد.

لقد وجدت ادوميا نفسها ووجدت آدمها عندما لم تكن تبحث، وجدتهما بعيدا عن الناس وعن حياتها المعتادة وتخلصت من كل ما كان يربطها بالماضي وتخلصت من كل تلك المشاعر التي لم تكن جيدة.

وكان ادوميا قد ولدت من جديد، وكأنها قد ولدت امرأة أخرى، امرأة وجدت رجلا هو الرجل الوحيد على ظهر تلك الجزيرة وهي المرأة الوحيدة.

Sommaire